★ LAS AVENTURAS DE ★
TINTIN

★ LAS AVENTURAS DE ★
TINTIN

El álbum de la película

Adaptado por Stephanie Peters

Guión de Steve Moffat y
Edgar Wright & Joe Cornish

Basado en Las Aventuras de Tintín
de Hergé

EJ

editorial juventud
Barcelona

Título original: THE ADVENTURES OF TINTIN: THE CHAPTER BOOK

© EDITORIAL JUVENTUD, S. A., 2011
Provença, 101 - 08029 Barcelona
info@editorialjuventud.es
www.editorialjuventud.es

Traducción de Enric Sarrado Soteras
Primera edición, 2011
Depósito legal: B. 34.578-2011
ISBN 978-84-261-3895-8
Núm. de edición de E. J.: 12.430

Printed in Spain
BIGSA · ROTOBIGSA, Granollers - Barcelona

★ LAS AVENTURAS DE ★
TINTIN

CAPÍTULO UNO

El *Unicornio*

Tintín era un joven reportero con un buen olfato para las noticias. Junto a su fiel terrier blanco, Milú, siempre tropezaba con buenas historias y aventuras desenfrenadas. Pero últimamente...

—No ocurre nada —se lamentaba Tintín a Milú—. Y si no hay noticias no puedo llamarme reportero.

Milú ladró un triste *guau*.

Tintín y Milú caminaban por el mercado local donde podían comprarse toda clase de trastos viejos. Al pasar junto a un puesto, Tintín vio una maqueta de un viejo barco de vela. Se le iluminaron los ojos.

—Tres mástiles, dos cubiertas, cincuenta cañones... ¿verdad que es bonito, Milú? ¡Voy a comprarlo!

Pagó al vendedor y cogió el barco.

—Se llama *Unicornio* —dijo, leyendo el nombre mientras aguantaba la maqueta en alto para verla de cerca.

—¿El *Unicornio*? —Un hombre alto con una barba negra como el carbón se abrió paso entre la multitud—. Le daré el doble de lo que ha pagado, ¿señor...?

—Mi nombre es Tintín. ¿Quién es usted? ¿Y por qué quiere usted mi maqueta?

—Yo soy Ivan Ivanovitch Sakharine —respondió—. Esta maqueta perteneció al difunto capitán, el Caballero de Hadoque. Hadoque perdió su patrimonio cuando su barco, el verdadero *Unicornio* se hundió. —Tocó el mástil del

Unicornio y sonrió—. Mi familia y los Haddocks nos conocemos de toda la vida. Pretendo devolver la maqueta a su lugar, el castillo de Moulinsart. Bueno, dígame su precio.

Entonces, Milú gruñó. Tintín miró hacia abajo. Su perro estaba mirando fijamente a Sakharine enseñando los dientes y con las orejas hacia atrás.

«A Milú no le gusta —pensó Tintín—. Y si a Milú no le gusta, a mí tampoco.»

Agarró con firmeza la maqueta bajo el brazo.

—Lo siento, pero el *Unicornio* no está en venta.

La sonrisa de Sakharine desapareció. «Esto es... una pena, señor Tintín.» Giró sobre sus talones y se retiró con una floritura.

Milú salió detrás de él, pero Tintín le hizo volver.

—Está bien —dijo—. Ya se ha ido.

Mientras volvía a casa, Tintín no podía dejar de sentir la sensación de que Sakharine estaba espiando todos sus movimientos.

Una vez en su casa de la calle Labrador n.º 26, Tintín colocó el barco en una mesa y abrió una ventana. Pero entró algo más que aire fresco.

—¡Eh! —gritó Tintín cuando un zarrapastroso gato blanco saltó a la cocina.

Ladrando con excitación, Milú fue tras él por encima del sofá, por debajo de la silla, por encima de la mesa donde estaba la maqueta, y...

—¡Cáspita! ¡Vigila! —chilló Tintín.

Milú aterrizó sobre el barco. *¡Crash!* El *Unicornio* cayó al suelo y el mástil se rompió en dos.

—¡Perro malo! —le regañó Tintín.

Cogió la maqueta rota, y al hacerlo, un pequeño tubo de metal se deslizó fuera del mástil.

—¿Qué...? —Intrigado, Tintín abrió el tubo. Dentro había un trozo de viejo pergamino escrito con trazos inseguros.

—*Tres hermanos unidos. Tres Unicornios juntos viajando al sol del mediodía hablarán* —leyó Tintín—. *Porque de la Luz vendrá la Luz. Y lucirá.* —Debajo de estas palabras había algunos signos extraños. Tintín se quedó mirando el pergamino desconcertado—. ¿Qué significará?

CAPÍTULO DOS

¡Robado!

Tintín no lograba descifrar el enigma. Por fin, guardó el pergamino en su cartera, se la guardó en el bolsillo, y le silbó a Milú.

—Vamos a la biblioteca a averiguar algo más sobre el *Unicornio*.

Con el terrier trotando a su lado, Tintín corrió hacia la calle y justo enfrente vio a dos hombres vestidos de negro y con bombín.

—¡Hernández y Fernández!

—¡Tintín!

Los dos eran casi idénticos. Solo sus bigotes los distinguían. Trabajaban para la Organización Internacional de la Policía Criminal, más conocida por Interpol.

—¿Están en una misión? —preguntó Tintín.

—No —respondió Hernández—. Estamos en la acera.

—También estamos en un trabajo —añadió Fernández—. Un demonio de dedos largos tiene la ciudad en sus manos.

—¿Un carterista? —dijo Tintín.

Los policías asintieron.

—¡Ninguna cartera... —advirtió Hernández.

—... ni billetero... —añadió Fernández.

—... está seguro! —acabaron a dúo.

—Robar una cartera es infantilmente simple —dijo Hernández.

—Yo aun diría más: simplemente infantil —sugirió Fernández—. Mejor que esté alerta.

Tintín les aseguró que tendría cuidado y continuó hacia

la biblioteca. Allí encontró un libro con información sobre el *Unicornio*. Se acomodó en una silla y empezó a leer.

«El Caballero de Hadoque se hizo a la vela en 1676. Se rumoreaba que su barco, el Unicornio, *transportaba un fabuloso tesoro. De ser así, ese tesoro se perdió en el mar cuando el* Unicornio *fue atacado por los piratas. El barco se hundió con todos sus hombres. Solo se salvó el Caballero de Hadoque. Nunca habló de la tragedia, pero pasó sus últimos días modelando tres maquetas de su desafortunado navío.»*

—Entonces hay tres maquetas —murmuró Tintín—. ¿Me pregunto dónde estarán las otras dos?

Leyó la última frase del artículo: *«Dice la leyenda que estas maquetas guardan el secreto que conduce al tesoro perdido»*. Tintín cerró el libro.

—Me apuesto algo a que Sakharine sabe algo del tesoro. ¡Por eso quería mi barco a toda costa! —Se puso de pie—. ¡Vamos, Milú! No quiero perder de vista nuestro *Unicornio*.

Salieron de la biblioteca y se dirigieron a casa. Repentinamente —*¡bam!*— un anciano salió de la nada y se precipitó sobre Tintín.

—¡Oh!, mil perdones —se disculpó el anciano mientras sacudía el polvo del abrigo de Tintín.

—No se preocupe —le tranquilizó Tintín. Luego le deseó buenos días, y corrió hacia su casa, abrió la puerta... y se quedó atónito.

Su casa había sido saqueada. ¡El *Unicornio* había desaparecido!

Tintín agitó la cabeza disgustado. «Por lo menos, aún tengo el pergamino.» Buscó su billetero. Pero horrorizado comprobó que el bolsillo de su abrigo estaba vacío.

—Me han robado... dos veces. —Chasqueó los dedos—. Aquel anciano... Me apuesto algo a que es el carterista. Tenemos que encontrarle.

Corrió escaleras abajo. Pero el camino estaba bloqueado por dos hombres fornidos que cargaban una gran caja.

—¿El señor Tintín? Una entrega para usted.

—Yo no he pedido nada.

—Esto es porque usted es el envío.

Unos fuertes brazos le agarraron por detrás y una mano le apretó un pañuelo contra la cara. Los ojos de Tintín se abrieron del todo.

¡Lo estaban raptando!

El *Karaboudjan*

—**¿Dónde estoy?** —gimió Tintín. Intentó incorporarse pero sus manos y sus pies estaban amarrados.

—Está usted a bordo del *Karaboudjan*.

Una figura surgió de entre las sombras.

—¡Sakharine!

—El mismo. —Sakharine daba golpecitos con un bastón de empuñadura de plata sobre la palma de su mano—. Y bien, ¿dónde está?

—¿Dónde está qué? —replicó inocentemente Tintín.

Sakharine sacó un trozo de pergamino idéntico al que Tintín había encontrado en la maqueta.

—¿Dónde está el pergamino de su *Unicornio*?

—¿Es como este? —preguntó Tintín.

—Sí.

—¿Y tiene una frase escrita en él?

—¡Sí!

—¿Estaba escondido en el mástil?

—¡Sí! —gritó el villano.

—Yo no lo tengo —replicó Tintín tranquilamente.

El rostro de Sakharine se encendió lleno de ira. Con un rápido movimiento, desenvainó una espada oculta en su bastón y amenazó a Tintín.

—¡No me engañe!

—No lo lleva encima, jefe. —Los raptores entraron en la habitación—. Le registramos.

—Sí, le registramos —repitió el otro.

Sakharine giró en redondo y apuntó la espada a sus secuaces.

—¡Idiotas! ¡Quería el pergamino!, no a este... *chico*. Sin él, los otros dos pergaminos del *Unicornio* son inútiles.

Tintín quería preguntarle a Sakharine si sabía dónde estaba el tercer pergamino. Entonces miró la espada y pensó que Sakharine no iba a decírselo.

En la cubierta superior se oyó un grito.

—¡El capitán está despierto!

—¡Bah! ¿Tengo que hacerlo todo yo?

Sakharine salió rápidamente con los matones pisándole los talones. Antes de que la puerta diera un portazo, una cosa blanca entró como una flecha en la habitación.

—¡Milú! —susurró Tintín con alegría—. ¿Cómo me has encontrado?

Milú resopló en el suelo. Luego levantó la cabeza y olfateó el aire.

—¡Perro listo! Seguiste tu olfato.

Milú dio un feliz y corto ladrido.

—¡Shhh! —avisó Tintín—. Sakharine aún está detrás de la puerta. ¡Escucha!

Podían oír a los malos hablando en el vestíbulo exterior.

—Después de ocuparos del capitán —decía Sakharine—, averiguad dónde ha guardado el pergamino el chico.

—¡Correcto! —dijo uno de los bandidos—. Eh, ¿y después qué?

—Tiradlo por la borda —dijo Sakharine con brusquedad—. Y luego saltad vosotros detrás —añadió.

Tintín tragó saliva.

—Milú, muerde estas cuerdas —cuchicheó.

Milú se puso al trabajo y en seguida Tintín estaba libre.

—Ahora salgamos de aquí. Llevó la cuerda al ojo de

buey del camarote, con la esperanza de bajar y nadar hacia
la costa. Pero el plan no servía: fuera de la ventana, solo se
veía agua—. ¡Nada más que mar en muchas millas!

Entonces miró hacia arriba. Justo encima había otra
portilla. Metió la cabeza dentro y buscó por la habitación.
Encontró dos tablas cortas de madera en una esquina.

Moviéndose rápido y en silencio, ató las dos tablas jun-
tas con la cuerda. Entonces agarrando un extremo de la
cuerda, se abocó fuera de la portilla y lanzó las tablas hacia
la apertura de encima, como si estuviera lanzando el lazo.
Las tablas entraron al segundo intento, se engancharon en
el interior de la portilla de arriba y quedaron firmes.

—¡Sube, Milú!

Una mano después de la otra, Tintín subió con Milú.

Entraron como pudieron por el pequeño ojo de buey y cayeron al suelo.

—Lo conseguimos, Milú. ¡Estamos a salvo!

A salvo, sí... pero no solos.

—¡Mil rayos! —retumbó una voz profunda—. ¿Quién eres?

El capitán Haddock

Tintín reculó. Mirándole desde el otro lado del camarote había un marino curtido con una espesa barba negra y unas cejas muy pobladas.

—Soy Tintín. ¿Quién es usted? —preguntó al marino.

—Soy el capitán de este barco —respondió el hombre—. O lo era hasta que mi segundo me traicionó. Llevo encerrado aquí muchos días.

—¿Encerrado? —Tintín giró el pomo de la puerta. Se abrió con facilidad.

El capitán pestañeó.

—¿No estaba cerrada?

—No. —Tintín abrió la puerta... ¡y se encontró cara a cara con uno de los bandidos!

—¡Lo encontré! —gritó el hombre con alegría—. Yo...

El capitán le pegó un puñetazo y el esbirro cayó al suelo.

—Gracias —dijo Tintín.

—Encantado —replicó el capitán—. ¿Me dijiste que te llamabas Tintín?

Tintín asintió.

—¿Y usted es...?

—El capitán Archibaldo Haddock.

Tintín se quedó con la boca abierta.

—¿Haddock? ¿Tiene alguna conexión con el caballero de Hadoque?

—Era mi tatara-tatara-eh, ¿cuántas generaciones son estas? No importa. Era mi antepasado.

Tintín conjeturó:

—Seguro que Sakharine robó su barco porque piensa que usted tiene información del tesoro. Dígame, ¿conoce la historia verdadera del naufragio del *Unicornio*?

Haddock se irguió con orgullo.

—¡Desde luego! El secreto de este barco ha sido transmitido de Haddock a Haddock desde generaciones. Mi abuelo me lo explicó en su lecho de muerte.

—¿Qué es lo que le dijo? —preguntó Tintín con ansiedad.

—No... no me acuerdo —confesó el capitán—. Mi memoria ya no es lo que era.

—¿Y qué es lo que era?

—Lo he olvidado —dijo Haddock.

Entonces, Milú hizo un gruñido de advertencia. El malvado se movía. Tintín intentó levantarlo.

—Ayúdeme con él, ¿quiere?

Haddock asintió y le pegó otro puñetazo al malvado. El hombre cayó como un muñeco de trapo.

—Quería decir que me ayudara a arrastrarlo a la cabina —dijo Tintín.

—Oh.

Entre ambos encerraron al hombre inconsciente.

—Ahora hay que salir de este barco —dijo Tintín—. ¿Tiene alguna sugerencia?

—Un bote salvavidas —respondió Haddock—. ¡Sígueme!

Subieron de puntillas las escalas y siguieron un pasadizo oscuro. De repente, Tintín se detuvo, indicó silencio con un dedo en los labios, y señaló una puerta con un rótulo que decía «Cabina de Radio». Del interior salían unos extraños sonidos.

—Código Morse —susurró Tintín.

Los sonidos pararon.

—Aquí está el mensaje que estabais esperando, señor —dijo alguien dentro de la habitación.

—¡Léelo!

Tintín y Haddock intercambiaron miradas de asombro. ¡Sakharine!

—*El Ruiseñor de Milán ha llegado a Bagghar* —leyó el radiotelegrafista.

Sakharine soltó una risa reprimida.

—¡Excelente! Mi arma secreta ya está en su lugar. Pronto el tercer pergamino estará en mi poder.

Una sombra oscureció el suelo bajo la puerta de la cabina de radio. El pomo de la puerta empezó a girar.

—¡Va a salir! —dijo Tintín entre dientes—. ¡Escóndase!

Mar, aire y arena

Tintín, Haddock y Milú se escondieron en un camarote cercano. Tintín espiaba por una rendija y vio que Sakharine y el radiotelegrafista se alejaban.

—Lleve a Milú al bote. Yo voy a buscar más información —dijo Tintín a Haddock. El reportero que había en él olía una historia.

Haddock y Milú desaparecieron escaleras arriba. Tintín entró en la cabina de radio sin que le vieran. Sobre la mesa vio un folleto titulado *El puerto de Bagghar*. Lo miró y se quedó boquiabierto. En la portada aparecía una foto de otra maqueta del *Unicornio*.

Se guardó el folleto en el bolsillo, se sentó y emitió un mensaje corto. Hecho esto, se escabulló hacia la cubierta para reunirse con Haddock y con Milú.

¡Bang! Sonó un disparo y una bala pasó junto a su oreja.

—¡Tintín! ¡Por aquí! —Haddock le hacía señas frenéticamente desde un bote salvavidas.

Haddock descolgó el bote mientras Tintín, apoyándose en la barandilla saltaba hacia la embarcación.

—¡Reme! —gritó Tintín, agarrando un remo.

—¿Como si nuestras vidas dependiesen de ello?

—¡Sí! —gritó Tintín cuando otra bala pasó silbando muy cerca—, porque de eso se trata.

Tintín y Haddock remaron con fuerza. El enorme *Karaboudjan*, con dificultades para dar la vuelta, se quedó atrás.

—¡Estos simuladores mutantes nunca nos atraparán! —dijo Haddock triunfalmente.

Justo en ese momento, apareció un hidroavión.

—Otra vez —dijo Tintín.

¡Rat-a-tat-tat! Los disparos salpicaron el agua a su alrededor.

Tintín encontró una bengala en el bote e intentó apuntar al avión cuando se alejaba.

¡Twang! La bengala fue directa al motor del avión y empezó a salir humo negro.

—¡Le diste! —gritó con entusiasmo Haddock—. ¡Oh!

El averiado avión iba directo hacia ellos.

—¡Cáspita! ¡Saltemos!

Saltaron por la borda. El bote zozobró. El hidroavión llegó al agua y se balanceó sobre sus flotadores.

Tintín, Milú y el capitán se escondieron detrás del bote. Vieron a los pilotos saltar de la cabina a los flotadores para reparar la avería.

—Quédese aquí. —Tintín se sumergió bajo las olas. Un momento después emergió al otro lado del avión.

—Casi está arreglado —dijo uno de los pilotos. Retorció unos cables juntos—. ¡Ahí!

Esto era lo que Tintín estaba esperando.

—¡Manos arriba! —gritó desde atrás.

Los pilotos supusieron lo peor y levantaron las manos por encima de la cabeza.

Cinco minutos después —con el manual en una mano y los controles en la otra— Tintín pilotaba el hidroavión con Haddock sentado en el asiento del copiloto. Milú estaba acurrucado confortablemente en el regazo de Tintín. Habían dejado a los pilotos en el bote, meciéndose en las olas.

Tintín escudriñó el agua.

—¡Mire! ¡El *Karaboudjan*!

Haddock sonrió, pensando en su brillante fuga. Pero cuando miró hacia arriba, su felicidad fue reemplazada por el terror.

—¡Tintín! ¡Mira este muro mortal!

Enfrente tenían unos enormes nubarrones de tormenta.

¡Demasiado tarde! El avión volaba directo hacia la tormenta. El cielo azul se mutó en un torbellino de nubes negras. La lluvia golpeaba las ventanas. Los truenos sacudían el fuselaje. Los rayos centelleaban a su alrededor.

—¡Agárrese!

Tintín bajó en picado. Y el avión pasó por debajo de la tormenta... directo hacia unas enormes dunas de arena.

Tintín tiró de la palanca, luchando por levantar el morro. Pero no lo consiguió.

¡Boom! El avión tocó el suelo, capotó y luego se deslizó por una montaña de arena.

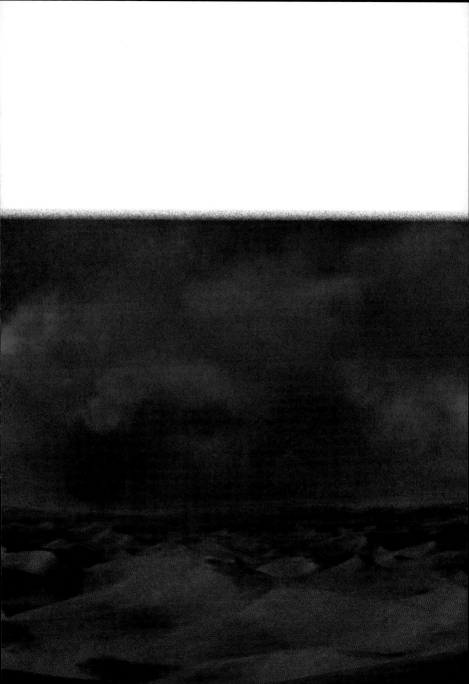

CAPÍTULO SEIS

★

La memoria recobrada

—¡Aaaah! —gimió Tintín—. Ahora sé cómo se sienten los huevos revueltos.

Milú saltó de entre la arena. Tintín le dio unas palmaditas a su fiel amigo, y luego observó a Haddock de pie en lo alto de una duna.

—¿Qué playa es esta? —preguntó el capitán cuando Tintín se le aproximó.

—No es una playa. Es el desierto del Sahara.

Haddock cayó de rodillas.

—¡La tierra de la sed! Estamos condenados. Estamos... ¡Espera! ¿Qué es esto?

Se tambaleó mirando a lo lejos.

—¡Agua! ¡Estamos salvados! Cayó dando volteretas duna abajo.

—¡Es solo un espejismo! —le advirtió Tintín—. ¡Ve cosas que no están!

Tenía razón. Cuando llegó hasta Haddock, el capitán estaba alucinando. Pero no veía agua.

—¿Alguna vez vio una imagen más bella? —dijo Haddock soñando—. Tres mástiles, dos cubiertas, cincuenta cañones...

Tintín se quedó boquiabierto.

—¿Está viendo... el *Unicornio*?

—Sí —dijo Haddock—. Y yo soy su capitán, el caballero de Hadoque.

Tintín estaba atónito: «*¡Está recordando la memoria familiar de Haddock!*»

—¿Qué más ve? —preguntó suavemente.

La cara de Haddock se oscureció.

—¡Otro barco! Y lleva la bandera pirata.

—¿El *Unicornio* está siendo atacado por piratas?

—¡Sí! —El capitán Haddock blandía una espada imaginaria—. ¡Nos están abordando! ¡Es una lucha a muerte! No habrán prisioneros. No habrá piedad.

Lanzaba y rechazaba sablazos contra enemigos invisibles. Pero el caballero y sus hombres debieron de perder la lucha, porque el capitán de repente lanzó sus armas mientras continuaba representando la historia de su antepasado.

—Ha tomado mi barco —susurró.

—¿Quién? —inquirió Tintín.

—Un pirata cuyo nombre infunde terror en el corazón de los hombres —dijo el capitán, con una voz muy baja—. ¡Rackham el Rojo! Sabe que el *Unicornio* tiene un tesoro escondido en la bodega. Obligó a mis hombres a pasar por la tabla y ahora me amenaza a mí con la muerte. Pero no contaba con una cosa—. El capitán echó los hombros hacia atrás—: Soy un Haddock, y un Haddock siempre tiene un as en la manga. ¡Hundiré mi *Unicornio* antes que dejar que sea suyo!

Haddock tomó un puñado de arena y trazó una línea.

—Un reguero de pólvora hasta la santabárbara servirá. —Simuló encender la pólvora con una cerilla—. ¡Mía es la venganza! —bramó, huyendo de la llama imaginaria—. ¡El *Unicornio* y su tesoro nunca serán tuyos!

Con un grito triunfante, Haddock saltó desde la cresta de la duna a la arena de más abajo.

—La tremenda explosión sacude el mar. —Se quitó el sombrero y lo mantuvo hacia arriba como un cuenco—. El tesoro llueve del cielo. Algo cae en mi sombrero, pero la mayor parte se hunde en las profundidades del mar junto con el *Unicornio*, los piratas... y mis hombres.

Las últimas palabras se oyeron como un susurro. Entonces, de repente, gritó.

—Pero aún no ha acabado todo. Con su último aliento, Rackham el Rojo me maldice a mí y a mi familia.

La voz de Haddock sonó distinta. Tintín comprendió que estaba oyendo las últimas palabras de Rackham.

—¡Nos encontraremos de nuevo, Haddock! En otro tiempo. En otra vida.

Con esto, Haddock se derrumbó en la arena y se quedó inmóvil.

El arma secreta de Sakharine

—**¡Capitán!** ¿Está usted bien?

Haddock parpadeó varias veces.

—¡Mil rayos! ¿Cómo he podido estar tan ciego?

—¿Por qué? ¿Qué pasa?

—¡No es qué, sino quién! Antes de morir, mi abuelo me enseñó un cuadro de Rackham el Rojo. ¡Era clavado a Sakharine!

—¿Sakharine es un descendiente de Rackham?

Haddock palideció.

—Sakharine va tras el tesoro y tras de mí. Busca venganza por la muerte de su antepasado.

—Bien, no lo conseguirá —dijo Tintín—. ¡Vamos a detenerle!

—¿Cómo? No sabemos dónde está.

—Sí lo sabemos. —Tintín sacó el folleto de Bagghar y le mostró a Haddock la foto del *Unicornio*—. Si no me equivoco, va detrás de esto. Así que... ¿a Bagghar?

Haddock se puso en pie.

—¡A Bagghar! —Y tras una pausa—: Puede ser un largo viaje, lo sabes.

Como si lo hubiera preparado, Milú apareció en la cima de una duna llevando dos camellos.

—No se cómo lo has hecho —dijo Tintín mientras montaba su jorobado corcel—, pero estoy contento de que lo hayas hecho.

Gracias a los camellos, Tintín, Milú y Haddock llegaron a Bagghar en seguida.

—El folleto dice que el *Unicornio* está en palacio. —Tintín señaló un ornamentado edificio en el horizonte—. ¡Allí está!

No habían ido muy lejos cuando se encontraron con una multitud de gente que aplaudía.

—Dejen paso a la mundialmente famosa cantante de ópera, el Ruiseñor de Milán.

La multitud se apartó para dejar pasar a una mujer fornida y cargada de joyas.

Tintín y Haddock se la miraron y luego el uno al otro.

—¿*Esta* es el arma secreta de Sakharine?

—¿Qué clase de arma es una cantante de ópera? —se preguntó Haddock.

Tintín descubrió un cartel que anunciaba el concierto de la diva. Estaba programado en palacio aquella tarde.

—Es perfecto —dijo a Haddock—. Podemos ir a ver al Ruiseñor y al mismo tiempo encontrar el *Unicornio*.

Una hora después, entraron en el teatro del palacio. Tintín vio el *Unicornio* inmediatamente. Estaba en una caja de cristal blindado justo al lado del escenario. Avanzó hacia él, pero fue detenido por dos guardas armados.

—Nadie se acerca al barco —gruñó uno de ellos.

«Por lo menos Sakharine tampoco se podrá acercar», pensó Tintín cuando volvió a su asiento.

Entonces las luces de la sala se atenuaron y la orquesta empezó a tocar. El Ruiseñor de Milán irrumpió en escena, aspiró una enorme bocanada de aire y lanzó una única nota.

—¡AAAAAAAAAAAAAA!

La nota se inició baja pero luego subió lentamente por la escala.

Haddock se agarró la cabeza.

—¡Aaaaaah! ¡Basta! ¡Me van a estallar los tímpanos!

Un movimiento en un palco captó la atención de Tintín.

—¡Mire, capitán!

—¡Es Sakharine!

Mientras la voz de la diva trinaba en una penetrante nota aguda, Sakharine se abocó hacia delante con impaciencia. Pero no estaba mirando a la cantante. Sus fieros ojos negros estaban fijos en el *Unicornio*.

Entonces fue cuando Tintín se imaginó cuál era su arma secreta. Se levantó.

—¡Pare de cantar! ¡Esta nota es demasiado alta, lo puede romper...!

¡Crash! El ruido de cristal al estallar ahogó sus palabras. La caja del *Unicornio* se rompió en mil pedazos.

CAPÍTULO OCHO

Tres *Unicornios* juntos

El teatro estalló en el caos. Entonces, por encima del ruido se oyó un fuerte silbido. Tintín estiró el cuello y vio volar un halcón desde el anfiteatro. Cayó en picado sobre la urna rota, arrancó el mástil del *Unicornio*, y salió volando para posarse en la mano de Sakharine.

Sakharine salió de la sala jactándose de su triunfo.

Tintín y Haddock se abrieron paso detrás de él entre la muchedumbre. Solo habían llegado hasta el vestíbulo cuando alguien agarró a Tintín por detrás.

Tintín se volvió y vio a dos hombres con sombrero hongo.

—Hernández y Fernández —exclamó Tintín incrédulo—. ¿Qué están haciendo aquí?

—Recibimos su mensaje en Morse que describía al carterista —dijo Hernández.

Fernández asintió.

—Este raterista ha carteado su última ratera —dijo entregándole algo a Tintín.

—¡Cáspita, mi cartera! —La abrió y sacó un pedazo de pergamino—. ¡El pergamino! ¡Lo tengo!

—Corrección: ¡YO lo tengo! —Sakharine apareció de detrás de una columna y lanzó a su halcón en picado sobre la cabeza de Tintín.

Tintín levantó las manos para protegerse la cara y el papel se le escapó. Sakharine lo cogió al vuelo y se fue a toda prisa.

—¡A por él! —gritó Tintín.

Tintín, Milú y Haddock persiguieron a Sakharine por los pasillos, hasta la planta baja y hasta un gran garaje lleno de vehículos. Allí Sakharine los despistó entre las sombras hasta que... *¡brum!* pasó a toda velocidad en un jeep, con el halcón aleteando y graznando en el parabrisas.

Tintín vio una motocicleta, saltó encima y puso el motor en marcha.

—¡Vamos! —gritó.

Un guardia de palacio salió de la nada y apuntó con un lanzacohetes hacia Tintín.

—¡Alto, ladrón!

¡Grrr! Una furiosa bola blanca y peluda atacó el tobillo del guardia. Bramó de dolor y tiró su arma mientras Milú atacaba.

Haddock cogió el lanzacohetes y saltó al sidecar de la moto. Milú le siguió y Tintín arrancó. Fueron zigzagueando por las calles de Bagghar, buscando a Sakharine. Habían llegado al puerto cuando...

—¡Ahí está!

El jeep de Sakharine salió como una flecha de una travesía justo delante de ellos.

—¡Esto lo detendrá! —rugió Haddock.

Apuntó el lanzacohetes a las ruedas del jeep y disparó. Pero en lugar de salir hacia delante, el cohete salió zumbando hacia atrás e impactó en un dique.

¡Boom! La presa estalló y se formó una pared de agua.

—¡Oops! —Haddock miró hacia atrás—. Eh... tendrías que acelerar.

Tintín miró por el espejo retrovisor. El agua fluía por la ciudad, llenando los canales desde hacía tiempo secos y manando de las fuentes. La gente del lugar salió a la calle con jarras para llenarlas de la preciada agua. Tintín aceleró y con un rugido salió detrás del jeep.

—Milú, ¡recupera los pergaminos!

Pero antes de que Milú pudiera saltar, Sakharine confió los pergaminos al pico de su halcón.

—Vuelve al *Karaboudjan* —ordenó.

El halcón remontó el vuelo. De repente, un rayo de luz pasó a través de los pergaminos. Tintín se quedó mirando fijamente. También Sakharine. Y en ese instante ambos descubrieron el enigma de los pergaminos del *Unicornio*.

—¡Capitán, tengo la respuesta! Eh... ¿Capitán?

Pero Haddock ya no estaba en el sidecar. Estaba colgado del cañón de un enorme tanque.

—¡Tintín, ayuda!

Three Brothers joyned
company sailing in to
will spe
For 'tis from the Ligh
down. And then
42 A
the Eagle

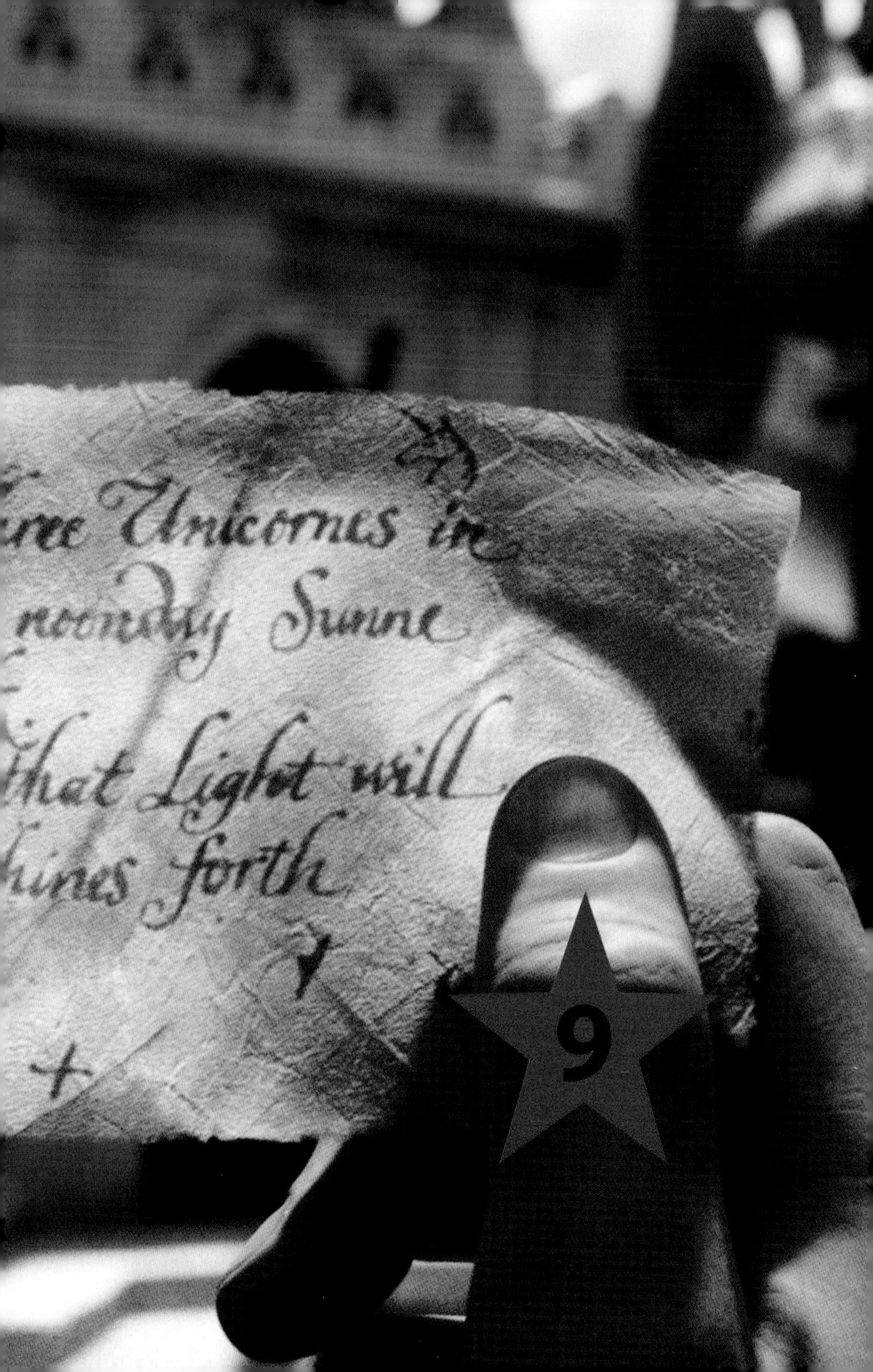
ree Unicornes in
noonday Sunne
that Light will
hines forth

CAPÍTULO NUEVE

Atrapa a un ladrón

Tintín se quedó boquiabierto. ¡El tanque había enganchado a Haddock por la chaqueta y amenazaba con llevarlo al borde de la carretera y echarlo el mar!

Sakharine gritó contento y aceleró su huida. Tintín ardía en deseos de seguirle a él, pero no podía abandonar a su amigo. Se desvió hacia el tanque y acercó el sidecar tanto como pudo. Haddock se afanó por desprenderse de su chaqueta. Finalmente, se liberó y cayó en su asiento. Y muy oportunamente, ya que el tanque se salió de la pared y se hundió como una piedra.

—Mi chaqueta favorita, perdida —dijo Haddock con tristeza.

Tintín apenas le oía. Estaba concentrado en el barco que salía del puerto.

—El *Karaboudjan* —murmuró, mientras detenía la moto—. Se ha ido y los pergaminos con él. Hemos fracasado.

Haddock se apeó del sidecar.

—¿Fracasado? ¡Ni hablar! Tienes que aprender algunas cosas sobre el fracaso, Tintín.

—¿Sí?

—No puedes dejar que te venza. Además, la solución la tenemos debajo de nuestras narices. ¡Mira! —Señaló Haddock.

Tintín se dio la vuelta. Allí, en una bañera, deslizándose por el lodo, estaban Hernández y Fernández.

—Hola, Tintín —dijeron cuando la bañera se detuvo—. ¿Quiere que le llevemos?

—¿En esto?

—No, en el avión.

Diez minutos después, Tintín, Haddock, Milú y los dos policías sobrevolaban el *Karaboudjan* en un hidroavión de la Interpol.

Tintín miraba por la ventana. De repente, se echó hacia delante.

—Milú, ¿no es esta la calle del Labrador? —Milú ladró con alegría al ver su hogar—. ¿Por qué regresa aquí Sakharine? —No encontraba la respuesta.

El sol estaba alto cuando el hidroavión amerizó no lejos del *Karaboudjan*.

Mientras Hernández y Fernández se quedaban en el avión, Tintín, Haddock y Milú fueron al muelle y se dirigieron al barco. A mitad de camino, Tintín se detuvo. Delante de él había una gran grúa. Su brazo estaba suspendido justo encima del *Karaboudjan*.

—Este será nuestro acceso a bordo —susurró Tintín—. Yo iré primero.

Subió a la cabina, balanceó el brazo metálico, y luego bajó la cadena de la grúa hasta la cubierta. Estaba a punto de comunicarles a los demás que estaba a salvo cuando oyó al capitán gritar alarmado. Miró hacia abajo y se quedó helado.

Sakharine, con su espada en una mano y los rollos en la otra, avanzaba hacia Haddock.

—Has perdido, Haddock —dijo Sakharine con desprecio—. Pronto, el tesoro del *Unicornio* será mío. Pero primero ¡te mataré!

Con un gesto rápido, arremetió contra Haddock, la punta de la espada dirigida a su corazón.

Haddock esquivó la embestida. Sakharine se abalanzó hasta sobrepasarlo, justo en el borde del muelle.

Tintín contuvo el aliento, convencido de que Sakharine caería, llevándose los pergaminos con él. Pero Sakharine se detuvo a tiempo y se giró para atacar de nuevo a Haddock.

Entonces Tintín entró en escena. Se columpió con la cadena y le arrebató los rollos de la mano.

Sakharine bramó de indignación. Pero sus gritos cesaron cuando el puño de Haddock llegó a su rostro. Sakharine, tambaleándose, cayó del muelle y fue tragado por las aguas.

Haddock se dirigió a Tintín.

—Ahora veamos esos pergaminos.

Tintín le pasó los pergaminos, uno sobre el otro.

—*Tres Unicornios juntos viajando al sol del mediodía hablarán* —recitó.

—*De la Luz vendrá la Luz. Y lucirá* —acabó Haddock.

Levantó los pergaminos. El sol brillaba a través de ellos, revelando las extrañas marcas que había al pie.

—¡Números, capitán! ¿No es eso?

—Coordenadas en longitud y latitud.

—¿Conoce el lugar?

Haddock bajó lentamente los pergaminos.

—Sí, lo conozco.

—Entonces, ¿a qué estamos esperando? —exclamó Tintín—. ¡Vamos!

Otra vez en casa

—**¡El castillo de Moulinsart!** ¿Estas coordenadas nos llevan a la casa de su familia?

Cuando Haddock le explicó adónde se dirigían, Tintín no se lo podía creer. Pero el capitán tenía la certeza de que allí le llevaban los pergaminos.

Y ahora habían cruzado las altas puertas de hierro. El castillo de Moulinsart, que en otro tiempo fue una extensa propiedad bien conservada, con una majestuosa mansión y unos cuidados jardines, había caído en el abandono. Mientras caminaban hacia la puerta principal, el capitán Haddock miraba las deterioradas paredes con cariño.

—No creo que haya cambiado desde que era niño.

Sacó una antigua llave oxidada del bolsillo. Pero antes de

que la pudiera introducir en la cerradura, la puerta se abrió.

—Buenos días, señor, y bienvenido de nuevo a Moulinsart —dijo un ceremonioso mayordomo.

Haddock se quedó con la boca abierta.

—¡Néstor! ¿Todavía estás aquí? Pero ¡si hace años que no vive aquí nadie de mi familia!

Néstor inclinó la cabeza.

—Su abuelo lo arregló para que me quedase en Moulinsart después de su muerte. Creía que algún día volvería algún Haddock para hacerse cargo de la propiedad. Parece que estaba en lo cierto.

Haddock suspiró profundamente.

—No creo que pueda permitirme vivir aquí.

Tintín sostenía los pergaminos.

—No se dé aún por vencido. —Inspeccionó el vestíbulo—. ¿Adónde conduce?

—Miremos en el sótano —dijo el capitán.

Bajaron corriendo por las escaleras de piedra a un húmedo subterráneo. Haddock miró perplejo.

—Quería decir el otro sótano.

—No hay otro sótano, señor —dijo Néstor.

Entonces, se oyó un ladrido apagado de Milú.

—Milú, ¿dónde estás? —le llamó Tintín.

Milú ladró de nuevo.

—Está detrás de este montón de muebles viejos.

Movieron los muebles uno a uno. Detrás había una pared de ladrillos.

—Mira, ¡un boquete! —exclamó Haddock. Acercó el ojo a la brecha.

—¿Qué ve? —preguntó Tintín con ansiedad.

—A tu perro —dijo—. Una habitación llena de muebles antiguos. Y...

—¿Y? —insistió Tintín.

—Y algo que no existe.

Entre ambos, fueron sacando ladrillos para ensanchar el agujero. Luego entraron a gatas y Haddock mostró a Tintín un precioso globo terráqueo. Lo observó durante un minuto, cavilando.

—Esta isla —dijo de repente, apuntando a un pequeño punto resaltado del globo— no existe.

—¿Como lo sabe? —preguntó Tintín.

—Soy Haddock. Llevo el mar en la sangre. ¡Esta isla es un error! —dijo clavando el dedo en el punto.

De repente, el globo se abrió. Y entonces, refulgiendo desde su antigua morada, vieron un antiguo sombrero de capitán lleno de centelleantes joyas.

—¡El tesoro! —gritaron Tintín y Haddock al mismo tiempo.

Haddock con mucho cuidado tomó un collar de diamantes.

—Y pensar que ha estado aquí todos estos años.

—Sí —asintió Tintín—. Y hay algo más aquí. —Se acercó al globo y sacó un antiguo trozo de pergamino.

—¡No será otro manuscrito! —gruñó Haddock.

Tintín lo desenrolló con cuidado.

—Es un mapa. A menos que esté equivocado, nos lleva a un pecio de cuatrocientos años de antigüedad.

Los ojos de Haddock se abrieron.

—¿El *Unicornio*?

Tintín sonrió.

—Y todo el tesoro que se hundió con él. Capitán, ¿tiene sed de aventura?

—¡Insaciable!

—Entonces, ¿a qué estamos esperando? —Tintín silbó a Milú—. ¡Vamos!